Chivito
en la escuela

Lada Kratky
Ilustraciones de Jon Goodell

HAMPTON-BROWN

Amigos de la escuela

Profesora Pantuflas   Teresa   Blanca

Chivito   Benito   Alejo   Estrellita

Osito   Cochi   Chato

Contenido

El pueblo de Chivito

En camino

Era lunes, el primer día de clases. Chivito estaba nervioso.

—Te va a encantar la escuela —dijo su mamá, dándole un beso.

—¡Adiós! —gritaron Rosita y Pimpollo.

—Adiós —contestó Chivito, y salió deprisa a la escuela.

—¡Ay, ay, ay! —iba gimiendo.

—¿Qué te pasa? —le
preguntó una vocecita al rato.

—¿Eh? —exclamó Chivito,
parando en el camino.

—Hola. Soy Cochi —contestó
la vocecita—. Aquí estoy.

—Hola. Soy Chivito. Voy a la escuela. ¿Y tú? —le preguntó Chivito.

—Yo también. ¿Qué te pasa? ¿Por qué tienes esa cara? —le preguntó Cochi.

—Le tengo miedo a la maestra —contestó Chivito—. Dicen que es bien gruñona.

—¡Qué va! Parece gruñona, pero no lo es —dijo Cochi—. Es grande y tiene una voz bien fuerte. Pero es muy buena.

—¿Ah, sí? ¿Cómo lo sabes?
—preguntó Chivito.

—Fue la maestra de mi
hermano —explicó Cochi—.
Si quieres, dale este ramo de
alfalfa. Yo le doy estas flores.

—Ay, gracias —dijo Chivito,
y los dos siguieron caminando
hacia la escuela.

Cuando llegaron, la maestra
los estaba esperando en la puerta.
Chivito y Cochi se le acercaron.

Era verdad que la profesora
era grande. Y tenía una voz como
un trueno:

—Buenos días —dijo ella.

—B-b-buenos días, maestra
—balbuceó Chivito—. Le traje un
ramo de alfalfa.

—¡Muuuchas gracias!
—exclamó ella—. Yo soy la
profesora Pantuflas. ¿Tú cómo
te llamas?

—Chivito Barriga, para
servirle —contestó Chivito.

Ella le acarició la cabeza a
Chivito con una pata enorme.

—Pasa al salón —le dijo.

Chivito entró y se sentó.

"Todo bien por ahora", pensó.
"Ojalá siga igual".

Las moras

El martes, Chivito salió corriendo a la escuela.

Al pasar por la casa de doña Carmela, vio que las moras habían madurado. A Chivito le encantaban las moras. Pero siguió corriendo sin comerse ni una sola. No quería llegar tarde.

En la escuela, la profesora Pantuflas dijo:

—Vamos a sumar. Chivito, pasa al frente de la clase.

Chivito se paró al frente.

—Le voy a dar a Chivito diez moras —siguió la profesora. Chivito extendió una pata y la profesora le dio diez moras.

—Ahora le voy a dar a Chivito

cuatro moras más —continuó ella.

Chivito extendió la otra pata

para sujetar las cuatro moras.

—¿Cuántas moras tiene

Chivito en total? —le preguntó

la profesora a la clase.

Chivito no pudo resistir. Se
comió las cuatro moras que tenía
en la pata izquierda.

—¡Diez! —gritó Benito.

—Cuenten con cuidado
—dijo la profesora con paciencia.

A espaldas de la profesora,
Chivito se comió dos moras más.

—¡Ocho! —gritó Alejo.

La profesora se empezó a inquietar.

—Tienen que sumar, no restar.

Entonces, Chivito se comió cinco moras más.

—¡Tres! —gritó Blanca.

—¿Cómo pueden ser tres?

—preguntó la profesora—. Le di

diez. Después le di cuatro. Son

diez más cuatro. ¿Cuántas son?

Pero Chivito ya se había comido

las tres moras que quedaban.

—Cero —contestó Chivito avergonzado.

La profesora Pantuflas se dio vuelta y vio lo que había pasado. Sacudió la cabeza y dijo:

—¡Ay, Chivito! Mejor vamos a sumar con piedritas.

Un regalito

Eran las diez de la mañana
del miércoles, la hora del recreo.
Todos corrieron a jugar.

Chivito y Cochi jugaron a
los exploradores.

Chivito levantó una piedra
grande para ver qué había debajo.

De pronto, Chivito exclamó:

—Mira, Cochi. ¡Qué piedritas más redonditas encontré!

—¿A ver? —preguntó Cochi.

—Las voy a recoger todas —siguió Chivito—. Se las quiero dar a la maestra.

—No creo que sea una buena idea —protestó Cochi.

—¿Cómo que no? —preguntó
Chivito, recogiendo las bolitas—.
La maestra dijo que quería sumar
con piedritas. Además, quiero que
me perdone por lo de las moras.

—Chivito . . . —protestó Cochi.

—Las voy a contar —dijo

Chivito—. Dos y dos son cuatro.

Cuatro y dos son seis . . .

Cuando las había recogido

todas, Chivito corrió al salón.

La profesora Pantuflas estaba

sentada a la mesa cortando papel.

—Profesora Pantuflas, ¡tengo
un regalito para usted! —exclamó
Chivito, depositando las bolitas en
el escritorio de la maestra.

Miró a la profesora con una
gran sonrisa en la boca.

Pero la sonrisa no le duró
mucho. De repente, ¡a las bolitas
les empezaron a salir patitas!
Después empezaron a caminar
por el escritorio de la profesora.

—¡B-a-a-a! —baló Chivito
horrorizado.

—Ay, Chivito —suspiró ella.

—Yo creía que eran piedritas —exclamó Chivito—. Quería usarlas para sumar.

—No te preocupes —dijo la profesora—. Son animalitos que se llaman "cochinillas". Se vuelven bolitas cuando las tocas. Recógelas y llévalas para afuera.

Con patitas, las cochinillas ya no eran tan bonitas. Chivito no las quería tocar. Pero lo hizo, y se hicieron bolitas otra vez.

Las recogió todas y las llevó afuera. Allí Cochi le dijo:

—Eso es lo que te quería decir.

—Mmm. Pues qué piedritas más engañosas —contestó Chivito.

El informe

Por fin había llegado el
jueves. Los alumnos iban a
presentar informes sobre sus
cosas favoritas. Chivito había
preparado un informe fabuloso.
Ahora quería presentarlo.

—Alejo —dijo la profesora

Pantuflas—, tú vas a empezar.

Alejo brincó al frente del salón.

—Mi informe es sobre mi

deporte favorito, el básquetbol

—dijo Alejo.

Chivito lo escuchó con

atención al principio.

Pero cuando Alejo empezó a
nombrar a sus jugadores favoritos,
Chivito dejó de escuchar.

—Mi jugador favorito es Jorge
Girafa. Mide 16 pies, 3 pulgadas.
Mi segundo jugador favorito es
Abel Avestruz. Mide 8 pies,
2 pulgadas. Mi tercer jugador
favorito es . . . —decía Alejo.

Después,
presentó Blanca.

—A mí me encanta colorear
—empezó—. ¿Sabían que hay
más de cien colores de creyones?

—Hay amarillo limón, azul celeste, verde pino, café con leche, rojo naranja . . . —siguió, sacando creyones de una caja.

Otra vez, fue difícil para Chivito escuchar con atención. Chivito miró a sus compañeros. Unos estaban haciendo garabatos. Otros estaban bostezando.

Después de Blanca le tocó a
Teresa. Lentamente, empezó:

—Mi informe trata de mi vista
favorita, la puesta del sol.

Teresa siguió hablando tan
despacio que los alumnos
empezaron a dormirse.

Cuando por fin terminó, casi
todos estaban dormidos.

Entonces la profesora dijo:

—Chivito. Te toca a ti.

Chivito pasó al frente y miró

a sus compañeros.

Cochi luchaba por

quedarse despierto.

Alejo tenía las orejas

caídas y los ojos

entreabiertos.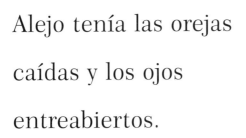

Benito dormía con

la boca abierta.

"Quiero que me escuchen", pensó Chivito. "¿Qué hago?".

—Mi informe trata de mi comida favorita, el chile —empezó. Abrió una bolsita y continuó:

—Prueben un pedacito.

Repartió unos trocitos de chile. Casi dormidos, los alumnos se los pusieron en la boca.

A Alejo se le pararon las orejas en punta. A Benito le empezaron a llorar los ojos. Cochi se puso todo colorado.

Ahora sí todos estaban prestando atención.

—¡Ay, Chivito! —dijo Cochi.

Entonces Chivito siguió:

—Acaban de probar el chile

más picante de todos,

el habanero. Hay por

lo menos doscientas

variedades de chile.

Chivito siguió hablando.

El informe de Chivito hizo

llorar a todo el mundo.

Chivito ayuda

Era viernes. Chivito salió de su casa bien temprano. Quería ayudar a la profesora Pantuflas en el salón. Llevaba la mochila en la espalda e iba silbando. Le gustaba mucho la escuela.

Chivito tenía muchos amigos. Cochi era su mejor amigo. Benito era muy simpático. Chivito se llevaba bien con todos sus compañeros.

La profesora Pantuflas era muy buena. Le había perdonado lo de las cochinillas y aun lo de las moras.

Chivito pensó en cómo ayudar a la profesora. Podía poner los libros en orden. Podía regar las plantas.

—¿Cómo puedo ayudarla, maestra? —preguntó Chivito.

—Bueno —dijo ella—, si quieres, limpia los borradores.

—Sí, maestra —contestó Chivito. Y enseguida agarró dos borradores y los golpeó uno contra el otro: ¡paf, paf, paf!

El salón se empezó a llenar de polvo. Pero Chivito seguía. No oyó cuando la maestra le gritó:

—¡Chivito! ¡Haz eso afuera!

En eso, empezaron a llegar los demás alumnos. Cochi se acercó a Chivito tapándose la nariz.

—¡Deja de hacer eso! —gritó.

Chivito se dio vuelta. Vio a la maestra estornudar en el polvo.

—¡Ay, maestra! ¡Disculpe! —le rogó, corriendo a su lado.

—¡Achú! —contestó ella—. Te dije que salieras, pero no me oíste.

—Yo quería que quedaran bien limpios los borradores —dijo él.

—Estoy segura que los dejaste bien limpios, Chivito —contestó.

Luego, Chivito y sus amigos se ofrecieron a limpiar todo el salón.

Chivito se puso a pensar. A pesar de algunos problemitas, su primera semana de clases había sido buena. Y seguro que la próxima sería mejor todavía.

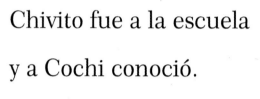

Canción
de la escuela*

Chivito fue a la escuela

y a Cochi conoció.

La maestra era buena.

Chivito se alegró.

Y ahora se divierte

con Cochi y los demás.

Le gusta la escuela

y le encanta estudiar.

*Se canta con la melodía de "Pimpón".